KB111133

자연 속에서

시를 내면서

동녘하늘이 밝아 올 때
산새들의 지저귐은 시작됩니다.
이것은 만생명들의 삶이며
무궁한 자연의 모습입니다.

자연은 이처럼 무심한 속에
침묵의 언어로 마음을 전하고
움직임 없는 가운데 움직이고
주고 받음 없이 왕래합니다.

사람이 만일 자연과 하나 된다면
고요한 산의 소리를 듣게 되고
자연과 동화된 그 속에서는
잃어버린 자신을 돌아 볼 수 있습니다.

오늘도 나는 이러한 자연속에서
내 마음을 고요하게 전해 봅니다.

☼ 2019년 여름 중간에

차례

1장 새봄의 향기

2장 가을산과 흰 구름

3장 자연 속에서

4장 연꽃 사랑

5장 내 마음 그대 마음

6장 차를 마시며

1장 ...   새봄의 향기

연화봉에 해가 뜨네

하늘 높이 솟아오른 연화봉에
새 아침의 둥근 해가 떠오르네.
세상을 밝혀주는 거룩한 大日여래여!
무명의 깊은 어둠 한 순간에 사라지네.

아침의 서시

창밖에 흰 구름이 일어나
산 넘어 가버리고
무심히 그곳을 바라보는 곳에
내 마음 또한 깃들지 않네.
산창에 비쳐진 그림자여!
창가를 스치는 청아한 소리여!
중생의 고뇌를 씻어주는
골짝의 맑은 시냇물 소리여!
잡으려하면 잡히지 않고
버리고나면 도리어 잡혀
취할 것도 버릴 것도 없는 가운데
나 홀로 머물러 있네.
산사의 아침은 눈부신데
이 산중 맑은 경계를
그대를 위하여
내 지금 붓을 들어 보여주네.

☼ 1993년 여름

새해를 맞이하며

고요한 그 자리에
둥근 해가 떠오르네.

세상의 어둠을 밝혀주는
붉은 해가 떠오르네.

어둠의 중생을 구제하는
밝은 해가 떠오르네.

아 ~ ~
장엄하고 거룩한 시작이여!

헤아릴 수 없는 광명 아미타여!
대일(大日) 여래의 찬란한 화신이여!

이로써 세상의 무지는 사라지고
안락한 불국세계 열렸네.

☼ 새해 법문 서시 (2012. l. l)

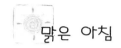

맑은 아침

훈풍이 남에서 불어오니
가지가지 꽃들은 피어나고

푸른 숲속에서는
온갖 새들이 지저귀네.

하늘은 맑고 따뜻한데
골짝의 물소리 들려오고

뜨락가에 피어나는 꽃향기 따라
벌 나비 즐겁게 날아다닌다.

푸른 산에 의지하여 가만히 앉았으니
맑은 바람 가득히 불어오누나.

☼ 정기법회 법문 서시 (2011. 봄)

이 아침의 시

아침엔 새소리 저녁엔 물소리
산창을 열어놓고 가만히 앉았으니

뜨락 가에 백일홍 붉게 빛나고
산색은 푸르름을 더해 가고 있구나!

아침 햇살이 푸른 산을 비추니
흰 구름 고요하게 마당을 쓸고 간다.

모든 속심을 버리면
자연의 소리가 들리고

모든 사심을 떠나면
천진의 모양이 보인다.

소리 아닌 소리 들으면 도를 듣고
모양 아닌 모양을 보면 실상을 본다.

☼ 2012년 봄

봄을 맞이하며

매서웠던 추위가 물러가고
따뜻한 새봄이 찾아 왔다.

우거진 나무에 물이 오르고
양지바른 곳에는 꽃이 피었네.

도량엔 흰 눈이 남아 있지만
그 속에 새봄은 살며시 다가오고

무명의 긴긴 밤 그 속에서
밝은 세상으로 나오게 하는구나.

아름다운 세상 이 기쁜 만남 속에
삶은 시작되고 사랑은 완성되어가네.

이렇게 따뜻한 봄의 기운은
아름다운 삶을 엮어가게 하누나.

☼ 영주 대승사 개원 10주년 법문 서시 (2011. 음3. 15)

새 봄의 향기

꽃피는 사월이라 향기로운 꽃은 피고
맑은 하늘 흰 구름은 도량을 장엄하네.

만물이 소생하는 따뜻한 날씨 속에
우리는 여기에서 무슨 일을 할 것인가!

밝고 맑은 지혜의 연꽃
고요하고 안락한 선정의 연꽃

청정하고 미묘한 지계의 연꽃
거룩하고 자비로운 보살의 연꽃

모든 중생 기뻐하는 공덕장엄 극락정토
우리 모두 다 같이 마음속에 이뤄보세.

☼ 정기법회 법문 서시 (2012. 3.)

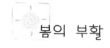 # 봄의 부활

얼었던 대지가 풀리니
온 세상은 새로운 기운으로 넘쳐나고

잔설은 아직 남아있지만
겨울 속에 봄은 이렇게 다가왔습니다.

산들거리는 바람은
만 생명에 활력을 불어넣고

깊은 잠에서 깨어나지 못한 자에게
밝은 세상 돌아보게 합니다.

봄은 새로운 삶의 시작이요
죽었던 기운이 소생하는 부활입니다.

봄은 조건 없는 큰 사랑이요
만 생명을 잉태하는 어머니입니다.

이러한 사랑으로 가득산 봄의 기운은
만물들의 아름다운 삶을 엮어가게 합니다.

☼ 정기법회 법문 서시(2012. 3. 4)

바람 부는 아침

깊은 산중에 바람이 불어오니
고요한 선실에 들려오는 소리

지저귀던 새소리 들리지 않아도
푸른 숲 나뭇잎은 온몸으로 춤추고

골짝에 흐르는 물 힘차게 내려가는데
청아한 목탁소리 이 아침을 맑혀준다.

누가 있어 인생을 괴롭다 했는가!
나는 다르게 말하나니

아무리 세찬 바람이 불어와도
본체는 언제나 고요하다 하리.

☼ 정기법회 법문 서시 (2012. 7. 6)

아침 이슬

이른 아침 풀끝에 맺힌 이슬
해가 뜨니 수정같이 빛나는구나.

아무리 보석같이 보여도
잠깐 사이 사라지고 말 것을

아 ~ 여기에 미혹한 중생들
목숨 걸고 다투고 있네.

소유와 허무에서 벗어나지 못하고
인생 백년 보내고 말건가.

내가 나를 알지 못하니
번뇌는 보리가 되지 못하는구나.

그대 미혹 인이여!
허망은 끝내 허망할 뿐이니라.

☼ 2012. 6월

20

숲 속의 경계

이른 아침 밖을 나와 하늘을 보니
중천에 샛별이 유난히도 반짝인다.

골짝에 시원한 물 끊임없이 흐르는데
숲속의 맑은 바람 간간이 불어오네.

여기는 높은 산 깊은 골 우거진 숲속
여름 석 달 삼복더위 비켜 가는 곳.

그 속에 다른 생각 없다면
안과 밖이 시원하여 걸림 없으리.

☼ 정기법회 법문 서시 (2012. 8. 5)

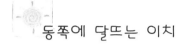

동쪽에 달뜨는 이치

아침마다 산새소리 숲을 깨우고
저녁에는 서쪽하늘 붉게 물드네.

우거진 숲속에 맑은 바람 불어오니
아무것도 구할 것이 없구나.

이순간 어둠은 사라지고
열반의 묘한 길이 분명하게 보인다.

일찍이 달마는 서쪽에서 온 바 없고
혜가는 달마에게 받은바가 없다네.

달마가 만일 서쪽에서 왔다면
혜가는 달마에게 갈 일 없겠지

그대 이 뜻을 알고자 하는가?
서쪽에 해가지니 동쪽에 달이 뜨네.

☼ 2012. 7. 30

새벽 달빛 아래에서(1)

산 높고 골 깊은 이 산중은
삼복이 되어도 항상 서늘하지.
차가운 기운은 몸을 움츠리게 하고
지저귀던 새들도 소리가 끊어졌다.

안개는 산 아래에서 올라오고
달빛은 산 위에서 비춘다.

천 가지 생각과 만 가지 분별은
화로 가운데 떨어지는 눈과 같고
옳고 그름과, 선과 악은
풀끝에 매달린 이슬방울 같구나.

고요히 선실에 들어와 앉아 있으니
골짜기에 물소리만 끊임없이 들리네.

☼ 2012. 7. 16

23

새벽 달빛 아래에서 (2)

동녘 하늘에 붉은 해가 떠오르니
온 산에 나뭇잎 푸름을 더해가고

뜰 가에 아지랑이 피어오르니
새봄의 향기로움 전해주고 있구나

얼었던 대지에 봄기운 스며들고
만 생명은 삶의 축복 넘쳐난다.

새벽달은 중천에 떠 있는데
무명의 긴 어둠 어느 때 끝나려나

초승달도 때가되면 보름달이 되고
추운 겨울 지나가면 봄이 오는데

내가 나를 찾아가는 이 길목에서
어느 때 마음 달을 볼 수 있을까

간절한 마음으로 기도하는 불자여!
한 송이 연꽃을 마음속에 피우자.

☼ 정기법회 법문 서시 (2013. 5. 6)

대승사의 등불

신령스런 기운이 도량을 비추니
오색의 등불이 화려하게 빛나네.

3000년을 이어오는 거룩한 빛이여!
자비로운 꽃으로 피어났구나.

연초록 나무 잎과 만개한 꽃들은
새봄의 향기로움 무궁하게 보여주고

이른 아침 숲속에서 지저귀는 새소리
대승의 묘한 이치 온전하게 설해주네.

하늘과 땅에 묘한 기운 서려있고
뜨락 가에 여린 새싹 고요하게 돋아나네.

자연은 본래부터 그대로 청정하여
있는 모습 그대로 한결같은 법이라네.

대승의 꽃이여 미묘한 작용이여!
시공을 뛰어넘은 영원한 빛이여!

☼ 영주 대승사 개원 13주년 법문 서시 (2013. 음 3.15)

아침 안개 속에서

아침안개 자욱한 거기
조용하게 서설(瑞雪) 이 내렸네.

가만히 앉아 있으면
산창에 들려오는 물소리

뜨락 가에 새싹은 돋아나는데
산새는 즐거이 지저귀네.

만물은 제각기 일이 있는데
나는 지금 무엇 하는가.

봄이 오나 일찍이 온 곳 없고
봄이 가도 간곳은 따로 없다.

오고 감이 본래 없는 그 이치
오늘 나는 그것을 말하고 있네.

☼ 어제 밤에 내린 4월의 서설(瑞雪)은 참으로 맑고 아름다웠습니다.
정기법회 법문 서시 (2013. 4. 7)

28

밤하늘의 별을 보며

밤하늘에 수많은 별이 반짝이는데
숲속의 맑은 바람 가만히 불어오고

골짝에 물소리는 차갑게 들리는데
저 멀리 둥근 달은 교교하게 비춘다.

어느 누가 말 했던가
인생은 구름처럼 흘러가는 것이라고...

나는 달리 말하나니
세월에 끌려 가는것이 인생이라고

☼   2013.8.6

지금 이 순간에 핀 꽃

한 떨기 청조한 꽃이
구석진 모서리에 피어났다.

때를 기다리지 않고
홀연히 피었다가 말없이 진다.

누가 보지 않아도
누가 사랑해 주지 않아도
소박하게 피어났다 진다.

아름답게 피어난 꽃도
지금 이 순간이 전부다.
여기 다른 것은 없다.

한 송이 꽃이 피는 순간
모든 것을 거기에 맡기고
다시 가지고 가지 않는다.

그늘진 숲에서 피어나는 꽃

있는 그대로 보여 주고

일부러 지어내지 않는다.

꽃은 피고 지는 그대로

영원한 생명을 이어간다.

그래서 꽃도 영원하다.

나는 꽃의 모양을 보지 않는다.

맛과 향기도 느끼지 않는다.

나는 꽃의 생명을 본다.

꽃과 줄기와 뿌리

그리고 어디에도 있는

시들지 않는 그것

거기에서 영원한 생명을 본다.

☼ 정기법회 법문 서시 (2013. 8. 4)

마음의 꽃

따뜻한 날씨가 이어지니
마당가에 온갖 꽃은 피어나고

훈풍이 남에서 불어오니
새싹은 파릇파릇 돋아나네.

연 초록 풀끝에 맺힌 꽃망울
기나긴 추위 이겨내고 나왔구나.

이 좋은 계절에
무슨 꽃이 제일 인가.

영원히 시들지 않는
마음속에 아름다운 꽃을 피우자.

☼ 정기법회 법문 서시 (2012. 봄)

32

2장 ⋯⋯⋯가을 산 흰 구름

가을 산을 바라보며

아침 햇살이 가을 산을 비추면
온 산의 단풍잎은 화려하게 빛나고
저 멀리 흘러가는 흰 구름
산과 강을 자유로이 건너가네!

 # 흰 구름 머무는 자리

푸른 하늘 저 멀리
한 점 흰 구름 흘러가네.

구만리장천에 떠도는 흰 구름
홀연히 나왔다가 자취 없이 사라지네.

머물지 않는 흰 구름이여!
그대의 정착지는 어디인가.

구름이 어느새 허공이 되니
허공이 변하여 구름이 되네.

구름이 허공 되고 허공이 구름 되니
거기 구름 머무는 자리.

내 마음 가는 곳에 흰 구름 일고
흰 구름 일어나니 내 마음 일어나네.

내 마음 머무는 곳
거기 흰 구름 머무는 곳

☼ 2013. 가을

흰 구름 같은 마음

가을 하늘 그 청명한 속에
한 점 흰 구름 흘러가네.

흰 구름 같은 이 마음이여!
구름 따라 마음 따라 어디로 가는가.

흘러가도 자취가 없으니
목적지 또한 있을 수 없네.

구름은 흘러 허공이 되었다가
어느 때 다시 홀연히 나타나네.

백 천 가지 변화무상한 작용이여!
그 바탕은 고요히 비어 있네.

한 마음 속에 일어나는 온갖 삶이여!
그 근원은 무엇인가.

내 마음 한 점 흰 구름 되어가니
저 넓은 허공이 나의 집이 되었구나!

☼ 포천 법왕사 법문 서시(2013. 9. 8)

가을을 보내며

곱게 물든 가을 색은 어느새 마르고
마른 잎은 바람 따라 땅으로 돌아가네.

가을이 지나가면 겨울이 오고
대지는 점점 차가워지겠지.

기나긴 겨울이 지나가고
훈풍이 남에서 불어오면

가지마다 고운 잎 돋아나고
새로운 기운으로 충만하겠지.

인생을 낙엽에 비유하지만
그 속에 새순을 어찌 알건가.

끝없는 순환이여 윤회여!
어느 날에 내 마음 내 고향에서
영원한 자기를 만날 수 있으리!

☼ 2012년 11월 정기법회 법문서시

푸른 잎의 사연

천만가지 세상 일 그대에게 맡기고
선실에 들어가 고요히 앉았으니

새 소리 물소리 가까이 들리고
푸른 산 맑은 바람 마당을 쓸어주네.

인생은 곡류처럼 시끄럽게 흐르는데
청산은 묵묵하여 언제나 그대로...

뜬 구름 같은 인생 얼마나 되는가.
어느새 머리 위에 흰 눈이 내렸구나.

언제인가 푸른 잎에 사연을 보냈으니
글 없는 노란 잎 답장 오겠지.

☼ 2012. 8. 21

고독

만물은 고독 속에서 성장하고
만물은 고독 속으로 들어간다.

석가의 큰 깨달음도
6년 고독에서 나왔고

달마는 9년 고독 속에서
혜가라는 제자 얻었다.

아 ~ 나는 무엇인가?

나는 아직 고독을 모른다.
나는 아직 인생도 모른다.

아침 안개 자욱한 오늘
고독은 안개와 같은 것인가!

고독이 만일 안개와 같다면
나는 이제
맑은 날을 보고 싶다.

어두운 밤을 밝혀주는
외로운 둥근달이 되고 싶다.

☼ 오늘 아침 자욱한 안개 속에서…….
    2011. 8. 24

이끼 낀 그윽한 길

깊은 산 그윽한 곳에 한번 가려니
그 길은 아득하여 끝이 없구나.

인적 없는 숲길엔 이끼가 끼었고
바람 불지 않아도 소리가 난다.

깊은 골짜기엔 물소리만 들리고
빽빽한 숲은 한낮에도 어둡다.

자기를 이기지 않고 갈 수 없는 길
그 길을 나 홀로 걸어가고자 하노라!

☼ 2012. 9. 22

두 줄기 눈물

향기로운 꽃나무 여기저기 자라나고
연꽃이 피어나는 그윽한 연못

기화 요초 피어나는 아름다운 정원에
새들이 찾아와서 마음껏 노래하네.

육각정 기와집에 미인이 홀로 앉아
새 소리 맞추어 거문고를 타고 있네.

구슬픈 곡조 따라 옛 생각에 젖어들어
거문고와 새 소리 모두 함께 잊었다네.

무상한 세월은 한결같지 아니하여
쓸쓸한 가을바람 두 줄기 눈물이여!

☼ 정기법회 법문 서시 (2012. 8. 5)

가을 산에 오르며

아침 햇살 따뜻하게 산창을 비추고
골짝에 맑은 물은 졸졸 흐른다.

흰 구름 때때로 말없이 흘러가고
소슬한 가을바람 옷깃을 스친다.

나 홀로 고요히 가을 산에 오르는데
길가에 핀 야생화가 발걸음을 잡는구나.

산속에 기운은 고요하고 맑으니
자연은 어디에도 비교할 수 없다네.

미묘한 이 산중 수승한 경계를
티끌세상 사람에게 어떻게 전할까.

☼ 2012. 8. 27

천년의 향기

낙가원 가는 길, 그 모퉁이에
천년 묵은 고목이 서 있다.

서쪽 능선 끝나는 곳에
천년을 그 자리 지키고 있네.

언제나 변함없고 늠름한 모습이여
푸른색은 여름겨울 다르지 않구나.

어울리나 섞이지 않는 고고함이여!
무심의 향기가 내 마음에 전달되네.

사람의 마음은 변화무상하니
천년나무 만년바위 그리워하네.

☼ 2012. 7. 10

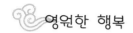 영원한 행복

온 산의 단풍잎은 아름답게 빛나고
넓은 들의 백곡은 익어 가는데.

마음의 행복을 찾아가는 사람들
어느 때 어디에서 얻을 것인가.

나뭇잎이 떨어지면 뿌리로 돌아가듯
만법은 마침내 마음으로 회귀하네.

나를 찾아 행복 찾아 떠나는 나그네여
어디에서 참된 행복 만날 것인가.

내가 나를 찾아가는 이 길목에서
진실하고 영원한 행복 그것을 찾아야 하네.

☼ 대승사 백일기도 입제 법문 서시 (2011. 11.6)

수도산의 가을

산 높고 골 깊은 수도산에
어느덧 가을이 깊어가고 있습니다.

가을 그 청명한 날씨 속에
이렇게 나뭇잎은 붉게 물들었습니다.

눈부시게 푸르른 맑은 하늘아래
화려한 가을산은 절정으로 향하고

또 다시 쌀쌀한 바람이 불어오면
성대한 가을잔치 시들어 가겠지요.

미풍에 실려 떨어지는 잎새에서
무상한 세월을 이렇게 노래하고 있습니다.

☼ 정기법회 법문 서시 (2012. 10. 7)

45

세월은 유수처럼 흐르고

달이 가고 해가 가니
세월은 무상하게 흘러가는데
세상 명리에 욕심 부리다가

어느 날 홀연히 죽음이 오면
가지고 있던 재산 아무 소용없고
무덤가에 잡초만 무성한데

찾아오는 사람 아무도 없고
혼(魂)만 외로이 남아
한탄만 절로 나오게 되겠지.

아 ～ 세상을 경영하는 사람들아
어찌하여 금과 같은 마음 버리고
허망한 한 줌 흙을 애착하는가.

그대에게 말하노니
흙은 금이 될 수 없고

환(幻)은 진실이 될 수 없다.

참마음에 공덕 있으니
모든 성인은 여기에 의지한다.

☼　 정기법회 법문 서시(2012. 12. 2)

내 마음의 가을

어느덧 가을은 점점 깊어만 가고
조석으로 찬바람은 불어오네요.

골짝의 물소리는 차갑게 들리는데
산색은 더욱 붉어 졌습니다.

가을에는 어디론가 떠나고 싶은 계절
오늘은 문득 옛 고향이 생각나네요.

가을은 자신을 돌아보게 하는 계절
잔잔한 마음속 가을을 찾아

깊은산 맑은물 흐르는 곳에서
고요히 마음여행 떠나야겠습니다.

☼ 2012. 가을

체로진상 (體露眞相 : 참 모습이 드러나다)

무성하든 나무 잎은 어느새 떨어지고
본래 모습 그대로 드러났구나.

기나 긴 겨울을 맞이하는 속에서
자연은 언제나 참모습을 보여주고

나도 없고 '나' 아님도 없는 곳에서
진공 묘유 여여한 모양이어라.

잎은 떨어지고 본체만 남았으니
있는 모습 그대로 허식이 없네.

방울물이 작아도 큰 바다와 다름없고
무량겁이 길어도 한 순간과 다름없듯

한 마음 그 속에 큰마음 묘용이여!
시간과 공간에도 머물 곳이 없구나.

그 가운데 일어나는 미묘한 마음이여!
만법은 그 자리서 무궁하게 움직이네.

☼ 정기법회 법문 서시(2012.11.4)

낙엽귀근 (落葉歸根) (나뭇잎은 뿌리로 돌아간다)

눈부신 햇살이 가을 산을 비추니
온 산의 나무 잎은 붉음을 토하고

소슬한 바람이 가만히 불어오니
땅위에 구르는 마른 나뭇잎

낙엽은 마침내 뿌리로 돌아가니
떨어진 잎새에서 근원을 본다.

인생도 만물도 근원으로 돌아가니
마음의 고향이 모두의 고향이네.

☼ 정기법회 법문 서시 (2012. 10.9)

☼ 나뭇잎이 처음 뿌리에서 나왔다가, 마침내
   뿌리로 돌아간다는 낙엽귀근(落葉歸根)에서 가을을 상징하는
   철학을 볼 수 있습니다. 고향으로 회귀 본능, 이것은
   비단 연어만이 아니라, 만물의 이치가 다 그러합니
   다. 이 좋은 가을에! 우리 모두 나의 뿌리(마음)로
   돌아가야 하겠습니다.

만산홍엽(滿山紅葉) (온산의 붉은잎)

온 산에 가득한 붉은 잎 속에
절은 어디 있고 나는 어디 있는가.

나를 찾으면 나는 없고
절을 찾으면 절이 없다.

산에 와서 산을 찾으니 산을 보지 못하고
소를 타고 소를 찾으니 소를 보지 못한다.

내 이제 그대에게 산을 말해 주나니
온산에 가득한 붉은 잎이여.

☼ 성지 순례단에게 했던 법문 서시 (2012. 10. 12)

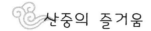# 산중의 즐거움

산창에 비치는 가득한 달빛
골짝에서 불어오는 시원한 바람

때때로 산새는 지저귀는데
흰 구름은 언제나 오고 가네

입추가 지난 이 깊은 산중에
어느새 소슬한 가을바람 불어오고

벌 나비 바쁘게 움직이는 서쪽언덕에
청초하게 피어나는 아름다운 야생화

산중의 풍경은 고요하고 맑은데
이 속에서 느껴지는 산중의 즐거움

☼ 큰 마음 실천회 창립기념법회 법문 서시 (2012. 8. 5)

마음의 바다

하늘은 높고 푸른데
산색은 어느새 가을이 되었네.

산승이 오늘 대승법을 설하니
구름은 저 하늘에 흘러가고
우뚝한 봉우리 높이 솟았네.

여기에서 시작되는 맑은 물이
마침내 바다에서 만나게 되듯

우리는 지금 대승의 정신으로
생멸 없는 마음의 바다에서
자유롭게 노닐게 되리.

☼ 큰마음 실천회 법회 서시 (2011. 10. 2)

3장 ... 자연 속에서

산과 구름사이

종일토록 산을 보아도 산은 없고
끝없는 구름파도 밀려오누나.
산이 구름 되고 구름이 산 되니
산은 흘러가도 구름은 제 자리에 있네!

# 내가 사는 곳

산 높고 골 깊은 여기는
한 여름에도 항상 시원하다.
이 가운데 머물고 있으니
항상 가난하지만 여유롭다.
마음은 항상 흰 구름 속에 노닐고
몸은 언제나 숲 속에 있다네.
가끔은 시냇가에 나갔다가
차가운 바람이 불어올때면
선실에 들어와 단정히 앉나니
이것은 생활의 전부
대화할 사람 어디에도 없고
오직 산새만 왔다 가는 곳
나에겐 아무 마음도 없으니
아무것도 생각 할 것 없다네.

☼ 태백산 토굴에서 (1998. 여름)

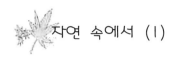# 자연 속에서 (1)

깊고 깊은 산속에
물은 절로 흐르고
초록빛 산색은 물결치는데
새소리 정겹게 들려온다.
초가집 방문을 반쯤 열어놓고
그윽하게 앞산을 바라본다.
저 멀리 흰 구름 지나가고
밝은 햇살 눈부시게 빛난다.
사람의 발자취 끊어졌으니
자연과 하나 되어 걸림이 없고
돌담장과 풀밭에는
산토끼와 다람쥐도 숨지 않는다.
자연과 하나 된 경계 속에서
아무것도 바랄 것이 없는데
부질없는 세상사를
산속의 고요와 바꿀 수 있으리!

☼ 덕유산 토굴에서 (1985. 여름)

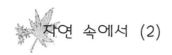

자연 속에서 (2)

안개 낀 깊은 산 적막한데
산창에 스며드는 바람소리 고요하고

이끼 낀 돌산에 안개는 자욱한데
숲속에서 들려오는 새 소리 청아하다.

푸른 숲 맑은 물 고요한 경계 속에
단정히 홀로 앉아 마음을 돌아보니

한 평생 산속에서 흰 구름 짝이 되고
지저귀는 산새 소리 이웃 되었네.

마음은 걸림 없이 구름위에 노닐고
이 몸은 고요 속에 묻혀 버린다.

마음속에 아무것도 남겨두지 않으니
있는 그대로 대 자연과 하나 되었네.

☼ 지리산 토굴에서 (1987. 여름)

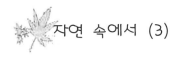 자연 속에서 (3)

산은 층층하고 골은 깊은데
우거진 숲 속에 물소리 들린다.

마음을 맑히고 자연을 대하면
자연의 오묘한 뜻 느낄 수 있고

무심한 속에 구하는 마음 없으면
그 속에 자연은 스스로 찾아온다.

마음이 고요하면 자연이 보이고
이 가운데 자연 아님 없구나.

자연에 머물고 천진과 하나 되니
말 없는 가운데 도심만이 깃드네.

☼ 태백산 토굴에서 (1999. 여름)

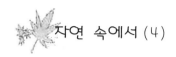# 자연 속에서 (4)

속정을 멀리하고 자연 속에 살아가니
자연과 합일되어 바랄 것이 없구나.

더울 땐 개울에서 몸을 담그고
추우면 아궁에 불을 넣는다.

낮에는 산새가 찾아와 지저귀고
밤이면 밝은 달이 비쳐 주는 곳

세상의 사람과 친하지 않으니
오고 가는 발자취 끊어진지 오래다.

내 여기 깃든지 몇 년이 되었는고?
봄가을 바뀐 것 헤아릴 수 없구나.

인연 따라 이 세월 흘러가고 있으니
오고감을 처음부터 상관하지 않았네.

☼ 태백산 토굴에서 (2003. 여름)

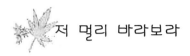 저 멀리 바라보라

무명에 유혹되어 첫 걸음이 어긋나니
날마다 온갖 사견 무성하게 자라났네.

이로 인해 두 가지 번뇌는 치성한데
마음속에 삼독심은 맹렬하게 퍼져가네.

내 스스로 나의 길을 방해하니
깨달음의 좋은 종자 키우지 못했다.

그대 이제 안목을 높이고 멀리보라
산란한 이 마음을 고요하게 살펴보라.

대천세계가 바다위에 거품이요
만류 중생이 허공중에 꽃이라네.

☼ 2012. 6. 29

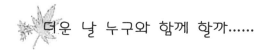 더운 날 누구와 함께 할까……

더위를 피해 나무 아래에 앉아
풀잎으로 자리 만들고
나무 잎으로 상을 대신했네.

향기 나는 차와 과일로 마음을 나누고
주변에 산으로 병풍을 삼고
산속의 흙냄새 맡아보리라.

복잡한 세상일은 세상에 맡기고
좋은 날 좋은 사람과 함께
풀벌레 우는소리 들어보네!

☼ 2012. 6. 20

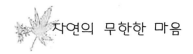# 자연의 무한한 마음

세속적 욕망을 떠나서
자연과 하나가 되니

자연의 움직임을 보게 되었고
자연의 소리를 듣게 되었네.

내가 자연 되고 자연이 내가 되니
자연의 무한한 뜻 알게 되었네.

자연과 합일된 마음에는
물질이 사람을 따르게 되고

자연을 멀리한 마음에는
물질이 사람을 괴롭게 하네.

만물과 인간의 관계 속에서
나와 남은 본래 다르지 않구나.

☼ 2012. 5. 20

자연의 뜻

그대 자연을 아는가?
거기 부처의 뜻이 있네.

산정에 올라 일만 봉을 굽어보니
푸른 하늘 흰 구름 유유히 떠돌고

중첩된 봉우리 끝없이 이어지는데
발아래 온갖 삶이 무궁하게 펼쳐지네.

헤아림 허락 않는 천진한 모습이여!
본래부터 남이 없는 완연한 부처 모습

이익에 눈이 멸면 보아도 알 수 없고
들으면 온갖 시비 면할 수 없나니

청정한 본체는 그대로 완전하여
산과 물이 서로 어기지 않는다네.

☼ 정기법회 법문 서시 (2012. 7. 1)

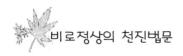 비로정상의 천진법문

어느날 나는 어두운 숲을 헤치고
우뚝한 봉우리에 올라서 보니

저멀리 흰구름 흘러가고
시원한 바람 고요히 불어오는데.

그 가운데 텅빈 허공이여
여기가 비로정상 아니겠는가.

산 아래 골짝엔 물이 흐르고
그 속에 모양없는 절이 있다.

청량한 숲속에 산새가 지저귀니
이것이 천진 법문 아니겠는가.

☼ 2012. 여름

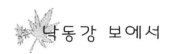 낙동강 보에서

중생들 마음에 자비심이 없으니
대지는 메마르고 생명력을 잃는구나.

막아놓은 강물에는 녹조가 생기고
농사 지어야할 땅엔 놀이터를 만드네.

물은 맑아야 만물이 살아갈 수 있고
농사는 지어야 땅의 공덕 생기는데

자연을 거스르고 천진을 해치면서
이 가운데 무엇을 할 것인가?

위정자들의 어리석음 날로 더하니
후손에게 물려줄 자연이 없네.

☼ 2012. 여름

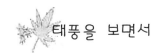 태풍을 보면서

바람이 불어온다.
점점 강하게 불어온다.
나무가 흔들리고 창이 흔들린다.
이것을 보는 내 마음도 따라 흔들린다.
바람은 마침내 태풍이 되어
바다를 움직이고 산과 들을 움직인다.
바람이 만물을 움직이게 한다면
무엇이 바람을 움직이게 하는가.
바람의 본성은 움직임 인가?
만물의 본성이 움직임 인가?
만물도 아니고 바람도 아니다
그대 마음이 본래 그러하나니
바람이 처음 마음속에서 잊어나
대천세계를 움직였을 뿐이다.

☼ 2012. 7.

 # 법왕사에서

높지도 낮지도 않는 곳에
국사봉이 솟아있고
주산 기운 모인 곳에
법왕사가 자리 했네.
앞쪽에는 만산이 배읍하고
좌우에는 천봉이 시립했네.
국사가 나온다고 국사봉 이고
법왕이 나온다고 법왕사 이네.
일찍이 우리스님 이 자리에 오르시니
천진자연 그대로 법왕궁이 장엄되고
도의 숲이 우거지니(道林)
부처님 법 전해지네.(法傳)
한마음 청정하면 이것이 도량인데
마음밖에 길을 따라 만리를 헤맸도다.
홀연히 여기 와서 내 마음을 돌아보니
시방세계 불국토가 이 자리에 나타나네!

☼ 경기도 포천 법왕사 창립기념법회 법문서시 (2012.3)

 사리사에서

여덟 공자 나온다는 팔공산 하에
부처님 사리 모신 절이 있다

뒷 봉우리 높고 높아 삼십이상 모습이요
앞에는 둥근 산이 도량을 받쳐주네

흘러가는 흰 구름 내 마음의 벗이 되고
들려오는 목탁소리 무생곡이 아닌가!

오늘은 좋은 날
팔부신장 강림하여 춤을 추고 기뻐하네!

오늘은 광명의 날
어두운 장막 벗고 태양처럼 빛이 나네.

☼ 대구 팔공산 사리사 불상점안 법문서시 (2012. 3. 25)

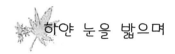

하얀 눈을 밟으며

간밤에 하늘이 열리드니 흰 눈이 내렸네.
고요한 산사에 하얀 눈이 내리네.

일색의 청정한 미묘한 모양이여
하늘과 땅을 하나로 만들었네.

눈 위에 나타난 나의 발자욱
가야할 그 길을 분명하게 보여주고

하얀색 청정한 그 속에
만물의 근원적 모습 나타내었네.

나는 오늘 하얀 눈을 밟으며
일색의 의미를 생각해 본다.

여기 온갖 공덕 들어있고
태초의 신비가 감추어져 있구나.

만물이 겨울 동안 동면에 들어가도
거기 무한한 작용이 있으니

석 달 정진하는 수행자처럼
작용 없는 속에서 무한정기 단련한다.

☼ 정기법회 법문 서시 (2012. 1 . 2)
☼ 아침에 흰 눈이 내리니 온 세상은 일색 청정이 되었습니다.

71

 # 푸른 산의 뜻

푸른 산의 세계는 쉽게 알 수 없으니
여기에 이르면 누구도 길을 보지 못한다.

깊이로 말 한다면 바다보다 깊고
높이로 말 한다면 하늘보다 높다.

깃발이 움직이되 바람에 의하지 않고
안개 없어도 밤과 낮은 항상 어둡다.

그대 이 뜻을 알고자 하는가.
흘러가는 구름 속에 뜻이 있다.

☼ 정기법회 법문 서시(2012. 6. 3)

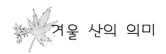# 겨울 산의 의미

깊고 깊은 골짝에 찬바람 불어오니
산천초목 유정무정 본체만이 드러나네.

단정히 홀로 앉아 겨울 산을 바라보니
저 멀리 흰 구름 정처 없이 떠다니고

모든 허식 떠나버린 겨울 산의 모습이여!
자연계의 순환질서 한결같은 모양이네.

깊고 긴 겨울 석 달 칼바람을 견뎌내면
이른 봄 향기로움 온 세상을 맑혀주리.

산창을 열어 놓고 묵묵히 앉았으니
한줄기 향 연기는 마음속에 일어나고

정묘한 기운 속에 우리 집 가풍이여!
한 마음 그 가운데 큰마음 작용이네.

☼ 정기법회 법문 서시 (2011. 11. 4)

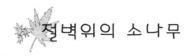# 절벽위의 소나무

천길 절벽 위에 소나무
그 모습 고고하고 늠름하구나.

누구도 접근할 수 없는 곳
마음 있어도 갈 수 없나니

구름이 지나가도 걸리지 않고
바람이 흔들어도 노여워 않네.

마침내 가야 할 그 자리
그곳에 반드시 가야 하지만

눈앞 절벽은 잎만 팔천 길
절벽 아래 깊은 물이 있다네.

나를 가지고 내가 갈 수 없으니
출세 장부가 아니면 갈 수 없는 그 곳.

☼ 2012.6.27

4장 ..... 연꽃 사랑

햇빛과 달빛

햇빛은 농부에게 오곡을 안겨주고
달빛은 시인에게 감성을 불러준다.
해와 달이 교차하며 세상을 비쳐주니
좋고 나쁜 세상일이 이로부터 생겨나네.

연꽃 같은 마음

한 줄기 봄비가 대지를 적시니
백 가지 풀끝에 백화가 피어나고

향기로운 바람이 남쪽에서 불어오니
고요한 연못 속에 연꽃이 나타나네.

물속에 있으면서 물에 젖지 아니하고
오염 속에 있지만 오염되지 않는구나.

더러움과 깨끗함을 수용하되 떠났으니
세간 속에 머물지만 출세간의 모습이네.

연꽃 같은 마음이여!
연꽃 같은 삶이여!

꽃과 함께 열매 맺고 열매 함께 꽃이 피니
부처님의 중도실상 온전하게 보여주네.

☼ 정기법회 법문 서시 (2012. 5. 6)

애련시 (愛蓮詩)

한 송이 연꽃이 마음속에 피어나니
백가지 향기로움 세상을 맑혀주네.

고요한 마음속에 묘한 기운 솟아나고
미묘한 기운 속에 연꽃세상 이뤄지네.

깨끗한 연잎 속에 그윽한 모습이여!
아름다운 꽃잎 속에 자비로움 품고 있네.

연꽃을 사랑하니 연꽃향기 생겨나고
연꽃과 하나 되니 부처마음 나타나네.

체와 용을 구족하니 잎마다 연꽃 되고
진공묘유 현전하니 연꽃 속에 연꽃일세.

☼ 2012. 6. 20

연화봉에 달이 뜨네

산창을 열어놓고 청산을 마주하니
저 멀리 연화봉에 둥근달이 떠오르네.

거듭 거듭 둘린 산에 흰 구름 잎고
그윽한 숲속에서 청풍이 불어온다.

선실에 정좌하니 세상일 알 바 없고
만상이 고요하니 마음 달이 나타난다.

그대는 아는가? 마음달 뜨는 곳을
연화봉 저 멀리 둥근 달이 떴다네.

그 누가 여기 와서 마음 달을 희롱할까?
이리 오라 고요한 이 산중 여기로 오라!

☼ 정기법회 법문 서시 (2012. 8. 2)
☼ 연화봉에 뜬 달을 보며.......

도량에 불심화가 피었네

큰 법당 올라가는 비탈진 언덕에
청초하고 순박한 야생초와 야생화여!
무성하게 자라난 백가지 풀 속에
연분홍색 상사화도 피어났네.

사람들은 말하네! 이 꽃에 사연 있다고
꽃과 잎이 만나지 못해 부쳐진 상사화
사랑하는 남녀가 서로 만나지 못해
애절한 마음에 상사초가 되었다고.

꽃과 잎이 서로 만나지 못한다 해도
뿌리에서 만난 것을 어찌 보지 못하는가.
인생도 어쩌면 상사초와 같아서
마음이라는 한 뿌리에 여러 몸이 나오네.

☼ 언덕에 핀 상사화(불심화)를 보면서……(2012. 8. 16)

자비보탑을 보면서

한줄기 신령한 빛이 도량을 비추니
천만가지 세상일 묘용으로 바뀌었네.

형상화된 만다라 자비의 꽃이여
일만 부처 거기에서 광명을 발하도다.

성스런 기운이 모인 곳에
미묘한 정토세계 무궁하게 펼쳐지고

신비로운 마음속에 일체만법 구족되니
날마다 좋은날 미묘한 작용이네.

고요한 바람이 서쪽에서 불어오니
청정한 불국토가 순식간에 이뤄졌네.

☼ 영주 대승사 부처님 진신사리 자비보탑에서
☼ 대승사 개원 12주년 법문서시 (2012. 음 3.15)

누더기 속에 보물

누더기 속에
천하를 구제하는 보물 있는 줄
누가 알겠는가!

겉으로 보기에는 초라해도
품고 있는 뜻은
세상을 넘어섰네.

그대여 !
그대를 우습게보지 마라.
때로는 높고 높게 올라서고
때로는 깊고 깊게 들어간다.

☼ 2012. 여름

기도하는 불자

하얀 눈이 덮혀 있는 소백산은
하늘 높이 솟아 있고

유유히 흐르는 서천은
대승사를 포근하게 감싸 주네.

맑은 하늘 밝은 햇살 따사로운데
도량에는 잔설이 남아 있네.

백일 정성 기도 속에
스님의 염불소리 끊이지 아니하고

일심 참회 예경 속에
무릎 아픈 줄 모르네.

염불 참회 선행회향
이것만으로도
내 생애 부족한 것 없는데

이 밖에
다시 무엇 구할 건가.

☼ 영주대승사 100일 기도 법문 서시(2012. 음 1.15)

나는 이렇게 살고 싶다

세속적 모든 욕망을 버리고
마음속에 아무것도 두지 않으며
선악과 시비에 물들지 않고
있는 그대로 바램도 없이
자연과 하나 되어가는 사람처럼.

바람이 그물에 걸리지 않듯이
물고기가 물속에서 자재하듯이
어떠한 조작이나 거짓도 없이
어디에도 걸림 없는 허공처럼.

바람 따라 흘러가는 흰 구름같이
나도 이제 한 점 구름이 되어
저 넓은 하늘에 날고 싶다.

나 이제 아무 마음 두지 않고
어디에도 걸림 없이
저 푸른 하늘이 되고 싶다.

☼ 2012. 5. 20

84

진정한 행복

흰 구름 바람 따라 정처 없이 흐르는데
청산은 언제나 묵묵하게 서 있네.

행복을 찾아가는 무수한 사람들
흰 구름 따를 건가, 청산을 따를 건가.

흰 구름 따른다면 고요함 잃게 되고
청산을 따른다면 묘용이 없어지네.

그대여! 진정한 행복을 바라는가.
그렇다면 두 가지 경계를 취하지 마라.

구름이 흘러가도 움직이지 아니하고
푸른 산이 바뀌어도 언제나 그대로

미묘한 작용 속에 고요한 모습이여!
둘 아닌 모양 속에 진정한 행복이네.

☆ 서울 길상사에서······ (2012. 11. 25)

부처님 오신 날

꽃 보라 휘날리는 4월 초파일
고통 받는 중생을 구제하고자
거룩한 부처님 오셨네.

맑은 하늘 푸른 숲
고요한 이 자리에
연꽃 같은 부처님 오셨네.

어둠속에 헤매는 중생들에게
깨달음의 길을 밝혀주고자
등불 같은 부처님 오셨네.

하늘 위 하늘 아래 존귀하시고
만류 중생에게 아버지이신
자비하신 부처님 오셨네.

오늘은 즐거운 날
우리를 기쁘게 하기 위해
석가모니 부처님 오셨네.

봉축하세! 봉축하세!
우리 모두 다 함께
룸비니 동산의 부처님을 봉축하세!

☼ 2013. 5.

법왕의 자리

이 마음의 신묘함이여.
불가사의한 이 마음이여.

법왕이 머무는 높은 그 자리
거기 가는 길은 곧으며 깨끗하다.

그대에게 간곡하게 권하노니
고뇌가 많은 허망한 길을 가지마라.

구름이 머무는 이곳으로 오라.
맑은 바람 불어오는 여기로 오라.

천하를 움직이는 법왕의 도장
그것은 누구의 소유도 아니다.

☼ 포천 법왕사 법문 서시 (2012. 6. 26)

산중소식

산 깊고 물 흐르는 여기에는
한 여름에도 맑고 서늘하다.

푸른 숲 맑은 바람 불어오는데
누구도 이것을 가져갈 수 없다.

밤하늘에 별빛은 찬란하고
골짝의 물소리는 청아하다.

그윽한 숲속에 인적이 끊겼으니
산중의 이 소식 누구에게 전할까.

☼ 2012. 6. 28

청산과 백운

청산은 말없이 제자리에 있는데
백운은 끊임없이 숨었다 나타났다.

고요한 청산과 변덕스런 백운이여
상반된 가운데서 절묘하게 어울린다.

그대 청산의 뜻을 알고자 하는가?
그것은 백운에게 물어야 하네.

백운의 뜻도 청산에 물어야 하나니
백운은 청산을 떠나지 않았기 때문이지.

청산 속에 백운 있고 백운 속에 청산이니
백운은 청산을 떠날 수 없구나.

청산은 근본이요 백운은 작용이니
둘인 듯 하나이고 하나인 듯 둘이네.

☼ 2012. 7. 26

여덟바람 불지 않는 곳

삼계는 하나의 감옥과 같고
육도의 중생은 그 속에 있다.
가엾어라 고뇌에 찬 사람들
어느 날 저 푸른 산의 달을 볼까.

사람에겐 누구나 기회가 있는데
부질없는 일로 세월만 보내고
이익과 명예에 정신이 팔려
해야 할 큰일을 놓쳐버리네.

아깝다 착한 사람들아
어찌하여 금을 버리고 흙을 취하는가.
산새가 맞아주는 여기로 오라
여덟 바람 불지 않는 여기로.

☼ 정기법회 법문 서시 (2013. 7. 7)

주인과 객 사이

주인이 주인답지 못하니
도둑이 주인 노릇 하는구나.

날마다 잔치요 취객들만 북적이니
있는 살림 탕진하고 살피지 못하네.

어느 날 갑자기 태풍이 불어와
남은 재산 날리고 객은 흩어지니

뜰 가에 잡초는 한길이나 자랐지만
아무도 거기 가는 사람 없구나.

무상이라는 바람은 차별심이 없으니
본래대로 대자연과 하나 되었네.

☼ 2012. 7. 9

저 언덕을 향하여

만상이 잠든 고요한 밤에
홀로 앉아 향 사르고 염불하니

나다 너다 시비분별 한 순간에 사라지고
좋고 나쁜 세상일이 처음부터 없어졌네.

흰 연꽃 피어나는 깨달음의 저 언덕
어서 오라 손짓하는 거룩한 우리 님!

몸과 마음 한데 모아 지극하게 예배하고
거룩한 님 뵈옵기를 일심으로 발원하네.

나 이제 세상일 마음두지 아니하고
일심정성 기울여서 끊임없이 염불하네.

☼ 영주 대승사 백일기도 회향법문 서시 (2013. 3. 2)

사랑은 괴로움인가?

인생의 여덟 괴로움 가운데
이별하는 괴로움이 있다.

사랑은 괴로움인가
이별이 괴로움인가

사랑으로 인해서
이별의 괴로움이 생긴다면
사랑과 괴로움은 둘이 아니다.

이별로 인해서
사랑의 즐거움 생긴다면
이별과 즐거움은 다르지 않다.

만남이 이별 때문이라면
이별은 만남 속에 생겨난다.

사랑이 진정으로 즐거움 이라면
미움의 괴로움도 생기지 않는다.

사랑 속에 미움이 있기에
사랑할 때 미움을 걱정하고

만남 속에 이별이 있기에
만날 때 이별을 걱정한다.

마음속에 두 마음 갖지 않으면
미움도 사랑도 넘어서게 되나니

좋고 나쁨 즐거움과 괴로움이 없는데
사랑이 미움 될까 걱정할 것 있으랴.

☼ 2012. 여름

5장 ... 내 마음 그대 마음

3층 탑을 바라보며

하늘과 땅을 하나로 이어주는
천년의 석탑이 거기에 있다.
지극한 불심속에 나타난 모습이여!
삼계를 넘기위해 삼층탑을 건립했네.

청산의 뜻

청산의 뜻 알려고 하는가?
높은 하늘에 흰구름 노닐고
깊은 바다에 물결이 일어난다.

푸른숲 맑은물 나의 벗이고
청량한 바람이 불어오니
이것은 청산이 전하는 소식이다.

일을 하되 아무런 자취가 없고
말을 하지만 대상에 의하지 않는다.

이와 같은 도의 체용(體用)을
청산은 걸림 없이 보여주고 있다.

☼ 2012. 8. 22

마음의 향기

미풍에 실려 오는 솔향기 싱그럽고
그윽하게 전해지는 꽃향기 아름답다.

푸른 숲 맑은 물 내 마음의 향기 되고
법당에서 불어오는 향기로움 더욱 좋구나.

좋은 생각 맑은 마음 삶의 향기 이뤄지고
나쁜 생각 어둔 마음 삿된 기운 생겨난다.

생각 따라 인연 따라 일어나는 온갖 마음
가지가지 마음속에 어떤 향기 최상인가

내 마음 한데 묶어 한 줄기 향이 되고
선정삼매 향로 위에고요하게 사르나니

향기는 온 법계에 두루 두루 퍼져가고
무명업장 밝혀주는 마음향이 되었다네!

☼ 정기법회 법문 서시 (2012. 6. 3)

99

그대와 나의 관계

한 톨의 씨앗이 풀밭에서 자라나
천년을 묵묵히 그 자리에 서있다.

마음은 있으나 감정에 움직이지 않고
뭇 생명이 의지해도 물리치지 않네.

아름다운 사람이 와도 무심하고
부처가 나타나도 반기지 않는다.

천년만년 변함없는 그대여!
내 이제 그대를 닮고자 하나니

내가 만일 그대가 되면 자연이 되고
그대가 만일 내가 되면 참 나를 보리

☼ 2012. 7. 24

큰마음의 의미

한 물건이 있으니
크다면 천지 허공보다 크고
작다면 미세먼지 보다 작다.

능소능대한 물건이여!
이것이 큰마음이다.

큰마음이여!
봄에는 꽃이 피고
가을에는 열매 맺는 소식이다.

무변허공에 둥근달이여
어두운 밤을 두루 밝히는데
깊은 골짝에 폭포수여
이것이 장광설 아니겠는가.

☼ 큰마음회 소참법회 법문 서시

마음속의 보물

마음속에 참된 보물이 있으니
그것은 값으로 말할 수 없다.

무엇이든 만들어 낼 수 있고
생각대로 이뤄지는 보물이다.

신묘하구나! 이 여의주여!
마음을 가지고는 얻을 수 없나니

오직 허공의 마음을 알고
청산의 뜻을 얻은 자 만이

자재하여 걸림 없으니
내 이제 그에게 경배하노라.

☼ 2012. 7. 12

마음 산중

세상은 삼복더위에 지쳐 있는데
이 산중은 언제나 시원하네.

그대 만일 덥고 추움 피하려 한다면
마음속 산중을 찾아가야 한다네.

어디에서 마음산중 찾을 수 있을까
성인이 가르쳐 준 그 길로 나아가라.

여기에는 삼재와 팔풍이 없으니
오욕과 육적이 침범하지 못한다.

오욕이 없으면 삼재가 사라지고
육적에 끌리지 않으면 팔풍이 소멸된다.

진정한 피서와 피한을 하려면
마음속에 시원한 산중 찾아야 하리.

☼ 2012. 7. 28

마음 따라 가는 달

맑은 하늘 구름위에 별빛이 총총하고
그 가운데 밝은 달이 둥글게 떠 있다.

잔잔한 호수 위에 둥근 달이 나타나니
일천 강에 일천 달이 동시에 떠오른다.

달은 본래 온 적 없어 갈 것도 없지마는
마음 있는 곳이라면 어디라도 따라가네.

마음달이 고요하게 만상을 비추니
만물도 함께 같이 적정 속에 들어간다.

☼ 2012. 7. 31

물의 근원은 어디인가.

햇빛이 따사로운 어느 날 오후
홀연히 지팡이 잡고 골짜기로 들어가니

새소리 물소리가 나를 반기고
골짝의 맑은 바람 모든 생각 잊게 한다.

흐르는 물을 따라 거슬러 올라가니
돌 틈에서 맑은 물 끊임없이 나온다.

깊은 숲속 발원지에 왔는데
물의 근원은 어디인가?

아 ~ 마음이여!
이렇게 말하는 근원에 왔는데
무엇이 이 마음의 근원인가?

☼ 2012. 4.

마음의 근원은 무엇인가.

푸른숲 우거진 이 깊은 골짝에는
맑은 물 언제나 흐르고

시원한 바람 끊임없이 불어오는데
도량에는 법 나눌 사람이 없네.

나는 고요히 선실에 앉아
높고 낮은 앞산을 바라본다.

저 멀리 흰 구름 두둥실 떠가고
미풍이 불때마다 나무에서 소리 난다.

여기는 깊은 골 빽빽한 숲속
마음찾아 여기까지 왔는데.

이렇게 보고 듣고 하는 이것은
마음인가 아니면 마음의 그림자 인가?

☼ 2012. 8. 31

나눌 수 없는 인생

인생 백년 삼만 육천일
거기에서 시작 되는 것이 인생이라면
시작과 마침을 헤아릴 수 없구나!

옛 부터 지금까지 흘러온 세월이
뜬 구름 같고 흐르는 물 같다면
인생이란 끝도 목적도 없는 것인가!

종착지도 없는 인생들의 삶이여!
시작과 마침도 존재하지 않으니
시간도 공간도 세울 수 없구나!

부사의 한 이 마음이여.
태초가 없는 허망한 몸이여.
처음과 끝을 나눌 수 없구나!

☼ 2012. 6. 12

무심의 작용

세상의 인심은 이상해서
일에서 정과 사를 보지 못하고

자기감정에 치우쳐
생각 따라 선 악을 결정하네.

남을 부정하면 자기가 부정당하고
남을 인정하면 남에게 인정받는다.

그러기에
그대가 주장하는 곳에는

옳음 속에 옳지 않음 있고
그름 속에 그르지 않음 있다.

걸림 없는 이 큰 허공 속에서
동과 서를 가려낼 수 없듯이

좋고 나쁘고 옳고 그름 속에서
어떻게 진정한 모습 볼 수 있으랴.

참된 법은 치우침 없어
세상사람 알기 어렵고

오직 무심의 묘용을 아는 자 만이
가만히 미소 짓고 말하지 않네.

☼ 2012. 5. 25

참 마음이 머무는 곳

삼계는 허공에 뜬 구름 같고
세상은 불타는 집과 같아

언제나 사방에서 불이 치성한데
뭇 중생이 그 속에서 살아가네.

아아, 어찌 할거나!
맹렬한 불길은 다가오는데

오래 갈 수 없는 그 집에서
중생들은 놀이에 빠져 나오지 않네.

욕망의 불길이 미칠 수 없는 곳
세속의 재앙이 침범할 수 없는 곳

어서 오라, 금선이 머무는 이곳으로
참 마음이 머무르는 이곳으로 ……,

☼ 2012. 여름

법왕의 정신

무명의 거친 숲을 헤치고
법왕사에 오르니

온 산의 나무 잎은 푸르고
골짜기의 물소리 들려오는데

국사봉 높은 곳에 가만히 앉았으니
수많은 봉우리 다가오네.

그대는 들었는가.
법왕의 소식을

한마디 하기 전에 시행 되었고
한 걸음 옮기 잖고 이루었다.

있는 그대로 천진하여 허물이 없고
모양 그대로 완전하여 부족하지 않다.

부족함도 넉넉함도 없는 곳
여기 법왕의 정신이 있네.

☼ 법왕사 법문 서시 (2013. 6. 9)

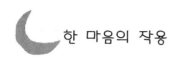# 한 마음의 작용

대도(大道)를 구하는 수행자들이여
한 마음의 미묘한 이치를 보라.

천지는 음양에 의해 만들어지고
음양은 태극의 묘한 작용(연기성)인데

태극이 있기 전에 무엇이 있는가.
여기 우주와 인생의 비밀이 있네.

태초의 근원은 스스로 존재 하니
거기 누구의 간섭도 받지 않는다.

마음의 묘한 이치 볼 줄 모르고
밖으로 헛된 말 만 따르는구나.

마음이여, 신묘한 이 마음이여!
이것이 태초의 절대자로구나.

☼ 2012. 여름

112

부처님께 바치는 마음

연꽃이 피어나는 아름다운 저 언덕
고요 속에 머무시는 거룩한 부처님께
일심청정 기우려서 이 마음 바칩니다.

밤낮으로 두 손 모아 합장하고
거룩한 우리 님을 뵈울 수 있기를
간절한 마음으로 비옵니다.

이 한 몸 세파에 시달리고 어려워도
내 마음 꿋꿋하여 흔들리지 아니하고
일심으로 합장하고 제 마음 드립니다.

보일 듯 말듯 아득한 저편 언덕에서
중생을 가없이 여기는 거룩한 님께
한결같은 정성으로 백일기도 올립니다.

나의 정성 익어가고

부처님을 향하는 마음 지극할 때

홀연히 부처와 내가 하나 되길 원합니다.

☼   영주대승사 백일기도 입제 법문 서시 (2012. 5. 30)

마음의 때를 씻자

백일을 기약으로 기도하는 불자여!
깨끗한 마음으로 간절하게 기도하라
일념으로 기도하여 마음거울 맑아지면
고요한 마음속에 일만 공덕 나타난다.

마음의 거울에 어리석음 때가 끼면
미혹의 어둠속에 길을 잃는다.
번뇌는 마음의 때가 되고
세상에는 무지의 때가 있다.

때 묻은 더러운 옷 물로 씻듯
마음의 때는 기도로써 씻는다.
정성스런 기도 속에 마음의 때 씻어내면
일체 처 일체 시에 뜻과 같이 안락하리.

☼ 영주대승사 백일기도 입제 법문 서시 (2012. 11. 24)

그(道)는 무엇인가

여기 세 가지 길이 있으니
윤회 생사하는 길이 있고

세간을 벗어난 은둔의 길도 있으며
이 모두와 상관없는 길이 있다.

무엇으로 이 모두를 뛰어넘을까?
거기 능소능대하며 살활 자재하니

세속에 머물되 물들지 아니하고
은둔하지만 공에 떨어지지 않는다.

좋은 것을 보아도 고요하고
나쁜 것을 보아도 싫어하지 않나니

선과 악에 물들지 않는 사람
그는 사람도 아니고 만물도 아니다.

모든 대립과 이원성을 떠난 사람
세속과 비 세속에도 걸리지 않는 사람

사람도 아니고 만물도 아닌 사람
거기에서 그(道)를 만나야 한다.

☼ 2012. 여름

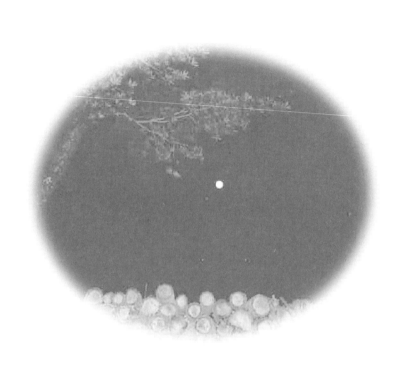

6장. 차를 마시며

마시는 자(者)와 차(茶) 그리고 도(道)

하얀 눈이 하염없이 내리는 겨울
따뜻하고 향기로운 차가 있다.
여기 몸과 마음과 자연이 하나 되니
마시는 자와 차, 도를 나눌 수 없다.

청다송 (清茶頌)

보름달이 떠 있는 고요한 밤에
홀로 가만히 앉아 청다를 마신다.

맑은 차 한 잔에 정신이 새롭고
맑은 바람 불어오니 마음이 청량하다.

그윽한 차 속에 나를 잊으니
차의 향기로움 세속을 떠났다.

교교한 달빛아래 무심한 차 맛이여!
달이 차주 되니 이 몸은 객이 되었네.

만상이 잠든 고요한 밤에
골짝의 물소리 은근하게 들리는데

누가 만일 이 속의 경계를 묻는다면
차는 찻잔 속에 구름은 하늘에 있다하리.

☼ 2012 여름

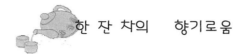

한 잔 차의   향기로움

모든 경계가 없는 곳
깊은 산 고요한 찻방에서
나를 찾아 차를 마신다.

차물이 끓어오르면
다관에 차를 넣고
중정(中正)의 차를 마신다.

한 잔 차에 온방이 향기롭고
두 잔 차에 생각이 쉬어지고
석 잔 차에 찾는 나를 잊는다.

내가 차를 먹으니
차가 나를 먹는구나.

여기 '나'와 '차'를 잊은 경지여!
이것을 다도(茶道)라 하지 않는가.

☼ 2012 여름

 무우차(無憂茶)를 마시며

둥근 달은 휘영청 중천에 떠 있는데
산승은 고요히 무우차를 마신다.

한 잔을 마시고 또 마시고.....
차향은 잔잔하게 마음속에 깃들고

어느새 다가왔나. 산창의 달빛!
무우차 한 잔을 달님에게 보낸다.

모든 시름 잊게 하는 그윽한 차향이여!
그대 진정 근심 없는 무우(無憂)차 인가.

한 잔의 차향 속에 맑은 기운 스며드니
지난날의 모든 잎이 마음에서 사라지고

부질없는 인생사 끝없는 경계마저
붉은 화로 속에 한 점 눈이 되었구나.

이 가운데 하나 일이 있으니
진정한 차 맛은 가슴으로 느낀다네.

☼ 2012 여름

조주의 청다 (清茶)

차 한 잔 가운데 우주가 들어가니
대천세계가 번갯불처럼 지나가네.

마음을 비우고 차를 음미하라
여기 일만 부처가 동시에 나타나리.

마음을 맑히는 신묘한 기운이여!
차와 사람과 마음이 하나 되었네.

그대 조주의 청다를 마시고 싶은가
그렇다면 오감(五感)에 의하지 말아야 하네.

마음속에 한 물건도 두지 않으면
조주의 청다를 마음껏 마시게 되리.

☼ 2012 여름

# 내 마음의 차

한 잔 차의 미묘한 향이여!
그 맛이 고요하여 끝이 없구나.

한 맛으로 돌아가는 이 차 속에는
큰 바다가 한 잔의 차일 뿐이네.

마음을 맑혀주는 그윽한 차향 속에
주고받음 끊어지고 본체만이 들어난다.

고요한 경계 속에 차의 근원 살펴보니
차의 성품 인연 따라 부족함이 없다네.

내 이제 그대에게 마음의 차 권하노니
한결 같은 이 맛은 온 누리에 가득하네.

☼ 2012 여름

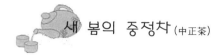 ## 새 봄의 중정차 (中正茶)

남쪽에서 따뜻한 바람이 불어오니
훈풍에 따라 새봄이 다가오네.

따뜻한 봄을 기다리는 마음은
유정 무정이 다르지 않구나.

새 봄의 향기로운 기운이여
거기 만물의 축복이 있고

봄의 기운과 함께 피어나는
중정의 청다 (清茶)가 있다.

차 가운데 으뜸이 되는 청다여!
중정의 묘한 차가 아니겠는가.

겨울 석 달 매서운 추위 참아내고
눈 속에 피어나는 매화 꽃망울

석간수 끓인 물에 가만히 넣으면
거기 미묘한 차향이 흘러나온다.

봄의 기운과 함께 일어나는 차의 정신
이것이 새 봄의 중정차이다.

나는 새 봄의 중정차를 기다린다.
나는 새 봄의 중정차를 마시고 싶다.

☼ 2012 여름

# 청다(淸茶)의 의미

청다의 의미를 알고자 하는가.
푸른 하늘 흰 구름 떠도는 모양이네.

청다는 어디에도 얽매이지 않으니
고요한 마음속에 한결 같은 모습이네.

그대는 아는가, 오묘한 이 맛을
세상의 언어로써 표현할 수 없다네.

마음과 마음으로 고요하게 느끼지만
한 생각 일어나면 흔적조차 볼 수 없네.

청다는 근기 따라 무수하게 변화하니
취하면 놓치고 버리면 잃게 되네.

청다의 의미는 모든 곳에 두루 하니
한 생각 돌이키면 곳곳에 가득하네.

☼ 2012 여름

 청다(淸茶)를 마셔라

마음이 울적하면
한잔의 청다를 마셔라.
마음은 어느새 편안해 지리.

마음이 무거우면
한잔의 청다를 마셔라.
마음의 무거운 짐 가벼워지리.

마음이 괴로우면
한잔의 청다를 마셔라.
마음의 고뇌가 씻겨 지리.

마음이 즐거울 때
한잔의 청다를 마셔라.
고요한 마음이 싹트게 되리.

마음이 고요할 때
한잔의 청다를 마셔라.
어느새 청다의 경지에 들게 되리.

☼ 2012 여름

청다(淸茶)의 정신

맑은 마음으로 차를 음미하라
거기 청다의 정신이 있다.

청차는 마음에 따라 변화하니
청다가 따로 있지 않다네.

청다의 정신 있는 곳에
백천묘용 나타나고

향기로운 차 숙에
청다의 정신과 하나 되면

차향은 만리에 퍼져가고(茶香萬里)
물은 흐르고 꽃은 피게 되리.(水流花開)

☼ 2012 여름

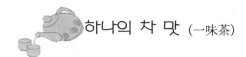# 하나의 차 맛 (一味茶)

잎미차의 향기로움이여
그 맛이 무궁하여 끝이 없구나.

한 맛 속에 모든 맛을 구족하니
중중 무진 묘한 차가 이뤄지네

차와 선이 하나로 돌아가니
잎미차(一味茶)는 완성되고

한 생각에 무명을 타파하니
잎미차의 향기로움 세상을 맑혀주네.

그대 잎미차를 마시고 싶은가
여기 모양 없는 차가 있네.

이 차에는 주와 객이 없으니
차주를 따로 두지 않는다네.

그대에게 잎미차를 권하노니
이 산중 여기에서 잎미차를 맛보세.

☼ 2012 여름

큰마음의 차

차 한 잔에 마음이 맑아지니
마음속에 청다가 있구나.

마음과 차를 나누지 않으니
사람에 따라 차가 변화 하네.

차가 사람을 따르면
청다를 마시게 되고

사람이 차에 따라가면
오감(감정)에 떨어지네.

자비스런 마음이여!
관음의 차가 되고

연민스런 마음이여!
지장의 차가 되며

지혜로운 마음이여!
문수의 차가 되고

큰마음의 실천이여!
보현의 차가 되네.

나를 잊고 대의를 위하는 곳
여기 큰마음의 차가 이뤄진다.

☼ 2012 여름

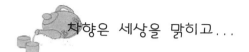
차향은 세상을 맑히고...

가을 하늘 푸르고 산색은 붉은데
한 줄기 맑은 바람 산창을 스치네.

한 잔의 차 속에 청풍이 일어나니
지난날의 시름을 모두 다 잊게 하네.

향기로운 차 속에 미묘한 기운이여!
마음을 맑히고 세상을 맑히네.

그윽한 향기 속에 청아한 모습이여!
우주와 인생이 이 속에 들어 있네.

솔향기 깊고 대 소리 맑은데
이 가운데 깊고 맑은 차향이여!

청다 한 잔으로 사람을 맞이하니
자연에 순응하고 그대와 하나 되네.

☼ 2012 여름

134

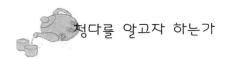

청다를 알고자 하는가

그대 청다를 알고자 하는가?
그렇다면 한잔의 청다를 마셔라.

청다 속에 도가 있으니
그것은 무엇으로 표현할 수 없다네.

가을 산 경치가 아름답지만
눈 어둔 사람에게 설명할 수 없듯이

청다의 오묘한 그 맛은
언어와 사념을 허락하지 않는다네.

청다의 맛은 무심에서 생기나니
만법의 이치가 여기에서 나오네.

☼ 2012 여름

 감로차를 권하며

깊은 산 그윽한 숲 속
맑게 솟아오르는 샘물이 있네.

땅 속에서 나오는 청량한 이 맛이여!
어디서도 볼 수 없는 감로차이네.

차의 마음 맑고 한가하니
세상의 차와는 근본이 다르네.

내 지금 그대에게 감로차를 권하노니
차 가운데 떠 있는 다심(茶心)을 보았는가?

☼ 2012 여름

청다의 마음

한 잔의 차 속에 둥근 달이 떠오르니
세상만사 하나로 돌아가네.

이 차 속에 우주를 먹었으니
좋고 나쁜 세상일이 꿈과 같구나.

무명의 긴 잠에서 깨지 못한 중생이여!
맑은 차 기운으로 꿈에서 벗어나라.

청다는 마음으로 마셔야 하나니
고요한 마음속에 청다가 있다네.

청다의 마음은 곳곳에 두루하니
한 잔의 청다로 삼세불께 공양하네.

☼ 2012 여름

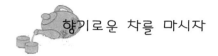

향기로운 차를 마시자

그대 삶의 향기로움 느끼고자 하는가?

그렇다면 차 한 잔을 마셔라
한 잔의 차 속에 삶의 향기가 있다.

그대 인생을 알고자 하는가?

그렇다면 차 한 잔을 마셔라
한 잔의 차 속에 인생의 도가 있다

그대 차의 의미를 알고자 하는가?

그렇다면 중정(中正)의 차 한 잔을 마셔라
한 잔의 차 속에 삶이 있고 도가 있다.

☼ 2012 여름

 청다 (清茶) 를 마시며

푸른 난과 마주앉아 맑은 차를 음미하니
다향은 잔잔하게 마음속에 스며들고

따뜻한 햇살이 산창을 비취는데
마음은 어느새 세상을 벗어났네.

그윽한 차향 속에 청아한 모습이여
사람에 따라서 무궁하게 변화하네.

맛과 향을 음미하니 청풍이 일어나고
청다를 마시니 정신이 신기롭네.

☼ 2014 가을

# 청다의 향기

어제는 서역국 청다를 마셨는데
오늘은 동천아래 차를 마신다.

홀로 마시는 그윽한 차향 속에
차의 성품 고고하여 티끌세상 벗어났네.

고요한 숲속에 자라나는 청다수(淸茶樹)
가지마다 피어나는 청초한 잎새

청다 한잔으로 마음이 맑아지니
세상 속에 있으나 세상을 벗어났네.

☼ 2014 가을

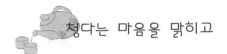

청다는 마음을 맑히고

청다 한잔에 영대(靈臺)가 맑아지니
내 마음 찾게 하는 신묘한 영약이네.

고요한 마음으로 맑은 차를 음미하니
깊고 묘한 차의 정신 이 속에 전해지네.

한 줄기 선향은 외로이 피는데
미묘한 차향은 마음속에 파고드네.

차의 도는 무궁하여 삼세에 가득하니
한잔의 청다로써 세상을 맑혀주네.

☼ 2014 가을

141

 걸림 없는 차

차에 세 가지 덕이 있으니
맛과 향과 맑음이다.

덖음차는 맛과 향은 좋으나 차갑고
발효차는 부드럽고 온화하나 향이 없다.

여름에는 덖음차가 어울리고
겨울에는 발효차가 도움되네.

홀로 차를 마시면 고요함을 주고
여럿이 차를 마시면 즐거움을 준다.

여기 원융무애 차가 있으니
청다는 어디에도 걸림 없다네.

☼ 2014 가을

원인 스님이 걸어온 길

1969년 해인사 입산

1974년 해인사 승가대 졸업

　　　　이후 선원과 토굴에서 정진

2004년 도림사 선원장

2010년 수도암 선원장

　　　　현재 영주 대승사 주석

법문집 : 『마음고향 가는 길』 등

강설집 : 『삶의 지혜』(금강경강설)

선시집 : 『마음여행』, 『금강의 빛 화엄의 빛』 등 다수 있음

자연 속에서

초판 1쇄 인쇄 2019년 9월 3일

초판 1쇄 발행 2019년 9월 10일

지은이 원인 스님 | 펴낸이 김시열

펴낸곳 도서출판 운주사

　　　　(02832) 서울시 성북구 동소문로 67-1 성심빌딩 3층

　　　　전화 (02) 926-8361 | 팩스 0505-115-8361

ISBN 978-89-5746-558-5 03810　값 10,000원

http://cafe.daum.net/unjubooks 〈다음카페: 도서출판 운주사〉